FARCE

JOYEUSE ET RÉCRÉATIVE A TROIS PERSONNAGES,

A SÇAVOIR :

TOUT, CHASCUN ET RIEN.

Année 1828.

FARCE

JOYEUSE ET RÉCRÉATIVE A TROIS PERSONNAGES,

A SÇAVOIR:

TOUT, CHASCUN ET RIEN.

Quand tous les biens on peseroit
Encontre Rien, on trouveroit
Que Rien est plus pesant encore;
C'est donc Vanité qu'on adore.

IMPRIMÉ POUR LA SOCIÉTÉ DES BIBLIOPHILES FRANÇAIS.

PARIS,

IMPRIMERIE DE FIRMIN DIDOT,

RUE JACOB, N° 24.

1828.

OBSERVATIONS.

La farce de *Tout, Chascun et Rien* paraît être du commencement du XVIe siècle : son auteur est inconnu. Le nombre de ces sortes de pièces, dont la plupart ont été perdues, était alors si considérable que l'on s'épuiserait en de vaines recherches sans arriver à un résultat satisfaisant. « Au passé, nous apprend Du Verdier, chacun se « mêloit d'en faire. » Il définit la farce : « Un acte de comé- « die....... La plus courte, ajoute-t-il, est estimée la meil- « leure, afin d'éviter l'ennui qu'une prolixité et longueur « apporteroit aux spectateurs..... Quand monologue passe « deux cents vers, c'est trop ; farces et sotties, cinq cents[1]. »

La Porte appelle la farce la *sœur de la comédie*[2].

La petite pièce que nous publions est plutôt une *moralité* et un jeu de mots continuel sur l'instabilité de la fortune, qu'une farce proprement dite. Le style en est vif et assez spirituel ; si l'auteur ne lui avait pas donné une épigraphe, les vers suivans du *Roman de la Rose*, dont cette farce semble être la mise en action, lui con-

---

1. Du Verdier ; tome III, p. 694 de l'édition de Rigoley de Juvigny. Paris, 1772, in-4°.

2. *Épithètes de M. de la Porte, parisien.* Paris, 1571, in-8°, f° 99.

viendraient assez bien, puisque *Tout* et *Chascun* finissent
avec une sorte de résignation, par se soumettre à *Rien*.

> Gar que Fortune ne t'abate,
> Comment qu'el te tormente et bate :
> N'est pas bons luitieres, ne fors,
> Quant Fortune fait ses efforts,
> Et le vuet desconfire ou batre,
> Qui ne se puet à li combatre.
> L'en ne s'i doit pas lessier prendre,
> Mès viguereusement deffendre.
> Si set-ele si poi de luite,
> Que chascun qui contre li luite,
> Soit en palès, soit en femier,
> La puet abatre au tour premier [1].

Cette pièce ne paraît pas avoir été imprimée jusqu'à
présent; il n'en est fait aucune mention dans les biblio-
graphies et catalogues que nous avons pu consulter. Les
frères Parfait, historiens de notre théâtre, Beauchamps
et le duc de la Vallière ne l'ont point connue.

M. Guillaume, de Besançon, l'un de MM. les Bibliophiles français, possède un manuscrit de cet opuscule,
dont l'écriture est du XVIe siècle. Il nous en a remis une
copie, qu'il a faite lui-même, avec le soin et la curiosité
éclairée que ce judicieux amateur apporte à tout ce qui
intéresse notre littérature.

Juillet, 1828.

L. J. N. Monmerqué.

---

1. *Roman de la Rose*, v. 5901; édition de M. Méon, tome II,
page 87.

FARCE

JOYEUSE ET RÉCRÉATIVE A TROIS PERSONNAGES,

A SÇAVOIR :

TOUT, CHASCUN ET RIEN.

TOUT, commence.

Il est bien heureux qui a Tout,
Car il lui vient à son souhaict.
Il conte, il taille à chascun bout
Et a tousjours le cœur dehait.
Tout je suis, et nul ne me hait;
On voit chascun soubs moy fléchir;
Car je puis le pauvre enrichir
Et les riches entretenir
En heureuse prospérité
Et très bonne félicité.
Voir et fut l'homme ladre infect,
Gros sot, gros asne et imparfaict,
Addonné à toute malice;
On dit tousjours d'un tel grand veau,
Pourveu que de moy il jouisse,

Qu'il est prudent, riche, et bien beau ;
Et est servi et honnoré,
Prisé, suivi et adoré.
Voilà ce que peut ma puissance ;
20   Mais s'il passoit en excellence
Le plus grand homme de la France ;
Fut-il sage, savant, vestu
D'honneur et de toute vertu,
Et s'il n'a Tout en jouissance,
C'est un maraud qui n'a que frire,
Un bélitre, un niais testu,
Et chascun la langue lui tire.

RIEN, chantant.

Il est bien aise qui a peu,
Et encore plus qui n'a Rien ;
30   Car qui n'a Rien joue à tout jeu,
Il n'a peur de perdre son bien.
Il est tousjours d'où le vent part,
Heureux, joyeux, frisque et gaillard.

TOUT.

Que dit icy ce vieux canard
Qui vient cy troubler mes Estats ?

RIEN.

Monsieur, je ne vous voyois pas.
Si vous voulez d'un bon *potus,*

Voicy la bouteille pour boire.

TOUT.

Qu'on se taise et ne parle plus;
Ou je te ferai bien à croire
Si tu dois jargonner ainsi.

RIEN.

Qui est c'est estourdy icy?
Par la corbieu, il a vessi.

TOUT.

Mais toy-mesme qui es-tu, dy,
Qui si fierement parle à moy?

RIEN.

C'est moy-mesme, c'est moy, c'est moy.

TOUT.

Et comme s'appelle ton nom?

RIEN.

Tu le scais bien; mon grand renom
Vole partout de çà, de là.
Regarde icy comme il y a,
Et puis tu le congnoistras bien.

TOUT.

Par mon serment il n'y a Rien.

RIEN.

Ah! que tu es un grand prophete
D'avoir aussi bien deviné!

TOUT.

Quel vent t'a icy attrainé,
Malheureux Rien, infecte peste?
Tu sçais bien et point ne l'ignore
Que je te déteste et abhore.

RIEN.

Rien est un pauvre homme folastre,
Qui s'est venu icy esbattre,
Pensant quelque cas profiter.

TOUT.

Qui est-ce qui peut inciter
Le coeur des gens à te vouloir?

RIEN.

Si vrayement, j'ay du pouvoir;
Car par ci, par là fay ma course,
Et tel regarde dans sa bourse
Qui Rien y treuve bien souvent.

TOUT.

Hé! tu n'es forgé que du vent;
Tout ton fait n'a aucune loy.

RIEN.

Si viendront toutes gens à moy;
Je suis leur dernier héritage.

TOUT.

Vrayement tu es un beau bagage :

Que scais-tu faire, dy, infame?

RIEN.

Je fay entrebattre les femmes,
S'entreprendre par les cheveux
Jusqu'à s'arracher les deux yeux,
Crier, hurler, ne scay combien,
Et puis enfin qui est-ce? Rien;
Voila que j'ay en ma puissance.

TOUT.

80 Quant à moy j'ay la jouissance
De tous les biens et beaux présens.

RIEN.

Et moy j'ay toute congnoissance
Sur les greniers des pauvres gens.

TOUT.

Je ne va qu'avecque grands seigneurs,
Et chercher les grands enseigneurs
Qui m'aident à acquerir rentes.

RIEN.

Et moy en tout lieu je fréquentes
Pour resjouyr les langoureux,
Car Rien, Rien est tousjours joyeux.

TOUT.

90 Je ne crains nul s'il n'a cent yeux,
Je bats, je frappe, et fais la guerre,

Renversant les foibles par terre.

RIEN.

J'emporte sur Tout l'advantage ;
Si tu vas en quelque voyage,
Ayant sur toy nombre d'argent,
Et s'il te survient quelque gent,
Crainte te saisit si très fort
Que tu cuides ja estre mort ;
Et puis enfin qui est-ce? Rien.

TOUT.

100 J'entretien princes, ducs et comtes,
Leur baillant chemin et adresse.

RIEN.

Et si tant soit peu tu les laisses,
Viennent-ils pas droit à ma porte?

TOUT.

Les dépauvreux je réconforte
Après qu'ils ont bien travaillé.

RIEN.

Combien de fois ay-je baillé
Aux pauvres pour l'amour de Dieu!
Puis si on a perdu au jeu,
Je suis le dernier réconfort.

TOUT.

110 Va, ton parler me fasche fort ;

Adieu. Je m'en vais voir Chascun
Qui m'a fait prier par quelcun
Que je l'entretienne en son estre.

RIEN.

Chascun! ah, Jésus! c'est mon maistre;
Plus souvent m'a qu'il ne t'a pas;
Je le sers à chascun repas,
Qui est bien plus que tous les jours.

TOUT.

Tu me dis de terribles tours,
Et qui me font bien esbayr.
Si m'a-il envoyé querir;
Je m'y en vais tout à ceste heure.

RIEN.

Je te suivrai donc de bien loin,
Et me serviras de tesmoin,
Pour voir s'il me recongnoistra,
Dez qu'il nous aura apperceu.
Mais d'autant qu'as robe meilleure,
Plustost que moy seras receu.

CHASCUN.

Quand est-ce que le temps sera
Que Tout viendra entre mes mains?
J'ay entendu par hommes miens
Qu'il doit estre tantost icy :

Qui Tout a de Rien n'a soucy.

TOUT.

Et par mon ame, me voicy.
M'avez-vous si fort desiré?

CHASCUN.

Vous soyez le bien arrivé,
Tout mon amy, Tout mon desir,
Toute ma joye et mon plaisir,
Longtemps a que vous desirois.

TOUT.

Je suis tout vostre; à cette fois,
140 Vous ne scauriez plus avoir faute.

CHASCUN.

De grand joye le coeur me saute;
Je suis bien heureux à ce coup,
Puisque je suis saisi de Tout;
Tout qui m'estoit tant nécessaire.

RIEN.

Messieurs, si vous avez affaire
De Rien, vous plaise commander.

CHASCUN.

Qui est celuy qui vient à nous?

RIEN.

Monsieur, c'est Rien qui est à vous.

CHASCUN.

De quoy me servirez vous bien?

RIEN.

150   Monsieur, vous serviray de Rien;
Advisez si vous me voulez.

TOUT.

Mais dites-moy à quoy vallez,
Et que c'est que vous scavez faire.

RIEN.

Monsieur, ah! rien pour vostre affaire,
Je vous serviray bien pour Rien.

CHASCUN.

Ah Rien! ah Rien! quel bon varlet!
Vous estes trop peu sottelet;
Allez ailleurs cercher un maistre.

RIEN.

Monsieur, me voulez-vous donc mettre
160   En quelque lieu de la maison?

CHASCUN.

Allez ailleurs cercher raison;
Puisque Tout est entre mes bras.
Là où Tout est, Rien ne faut pas.

RIEN.

Et donc ne me voulez-vous pas?

CHASCUN.

Nenny, nenny, vuide la place;
Là où Tout est, Rien ne faut pas.
Allez ailleurs, vous me faschez.

RIEN.

Et ainsi que me despeschez
Je vous en feray repentir.

TOUT.

170 Il luy fasche bien de sortir.
Que lui avez-vous donc fait?

CHASCUN.

         Rien.

RIEN.

Et par saint Jehan! je scavoy bien
Que de moy il vous souviendroit.
  Que vous faut il?

CHASCUN.

Mais voyez ce badin gentil.
Et di-moy, di qui te voudroit?
Tost, tost, avance de sortir.

RIEN.

Je vous en ferai repentir
Quelque jour, et te feray taire.

CHASCUN.

180 Vieux rongneux, que scaurois-tu faire?

Tout ton faict ne gist qu'à malheur.

RIEN.

Quelque jour je te ferai peur,
Ainsi sera; notte le bien.

TOUT.

Bien fol est qui a peur de Rien.
Car Rien est peu malicieux.

CHASCUN.

Adieu. Suis-je pas bien heureux
De tenir Tout soubs ma puissance!

RIEN.

Bon, bon, bon, bon, ha, ha, ha, ha!

CHASCUN.

Quel trouble, Jésus, est-ce là?
Mon Dieu! ah! c'est quelque infortune.

TOUT.

Qui est-ce qui vous importune?
Quel trouble, Jésus, est-ce là?

RIEN.

C'est moi, c'est Rien; ha! me voila.
Ne vous avois-je pas bien dit
Que je vous rendrois estourdis?

CHASCUN.

Mais que vient ce viel assotty
Cercher en ceste place icy?

TOUT.

Sortez, vilain, puant, infame.

RIEN.

Je vous jure par Nostre-Dame
200   Que vous viendrez en tel esmoy
Qu'à la fin vous rendrez à moy.
Car il est ainsi ordonné.

CHASCUN.

Va-t'en, tu as trop sermonné.
Est-il plus grand contentement
Qu'avoir Tout en gouvernement?
Chascun tient Tout, comme je pense,
Si la fortune ne s'advance,
Me faisant d'en haut tresbucher.

TOUT.

Vostre honneur je tiens si très cher
210   Et vers vous ay telle amour bonne,
Que si la roue ne se torne,
Jamais n'eustes si grand honneur.

(Icy Rien tourne la roue de la Fortune.)

CHASCUN.

O Jésus! voicy grand malheur.
Hélas! adieu, Tout, nostre maistre.

TOUT.

Chascun, dy-moy que ce peut estre,

Qui t'a ainsi tant esperdu?

CHASCUN.

Hélas! monsieur, tout est perdu,
Et ma richesse tant aimée
S'esvanouyt comme fumée.

TOUT.

220   Je sens peu à peu m'escouler,
Et force et pouvoir s'en aller.
C'est Fortune qui rit de nous,
Bouleversant dessus dessoubs.
Maugré nous il faut endurer;
Faut que nous retournions à Rien.

CHASCUN.

Ha Rien! ha Rien! tu disois bien
Je ne scay quel divin présage,
Qu'encore nous te ferions hommage:
Allons donc puisqu'il faut aller.

TOUT.

230   Allons nous mettre à son servage;
Je marcheray tout le premier.

CHASCUN.

Monsieur, treuver nous vous venons,
Et volontiers vous servirons,
Vous rendant foy et reverance.

RIEN.

Morgoy! la belle contenance!
Vous voila pas, messieurs les braves!
Vous rendez-vous pas mes esclaves?
Le vous avois-je pas bien dit?

TOUT.

Nous nous rendons sans contredit.
240 Là, oubliez toute rancune.

CHASCUN.

Puis donc que le sort de fortune
Commande, nous vous servirons.

RIEN.

Vertu saingris! nous le voulons;
Je vous retien de ma cuisine;
Puis, que fassiez très bonne mine.

NOTICE

SUR QUELQUES OUVRAGES SINGULIERS, COMPOSÉS SUR DES SUJETS
ANALOGUES A LA FARCE DE

TOUT, CHASCUN ET RIEN.

La farce de TOUT, CHASCUN ET RIEN, que nous publions pour la première fois, a été trop peu connue jusqu'à présent pour que l'on puisse penser qu'elle ait eu des imitateurs. Nous avons cru néanmoins qu'il ne paraîtrait pas déplacé d'indiquer ici des pièces singulières, qui roulent sur des jeux de mots semblables, et dont plusieurs sont devenues très-rares.

I. On rencontre d'abord Mellin de Saint-Gelais, qui, dans une épigramme dont le trait est devenu proverbe, badine agréablement sur le RIEN. La voici :

> Un charlatan disoit en plein marché
> Qu'il montreroit le diable à tout le monde :
> Si n'y eust nul, tant fust-il empesché,
> Qui ne courust pour voir l'esprit immonde.
> Lors une bourse assez large et profonde
> Il leur déploie, et leur dit : — Gens de bien,
> Ouvrez vos yeux, voyez, y a-il *Rien?*
> — Non, dit quelqu'un des plus près regardant.
> — Et c'est, dit-il, le diable, oyez-vous bien,
> Qu'ouvrir sa bourse et y voir *Rien* dedans.

Année 1828.

II. Nihil.

Le premier jour de chaque année, Passerat adressait à Henri de Mesmes, l'un de ses protecteurs, une pièce de vers latins. Il lui envoya le Nihil le 1er janvier 1582. On trouve cet ouvrage dans toutes les éditions des poésies latines de Passerat.

III. Quelque chose, par *Philippe-Girard, Vandômois.* Paris, chez Estienne Prevosteau, 1587, in-8°, 16 pages.

L'auteur a dédié son poème à M. de Guillon, sieur des Essars, contrôleur-général de l'artillerie.

On voit à la tête de ce petit ouvrage quelques pièces de vers parmi lesquelles on distingue ce quatrain :

> Le *Rien* de Passerat est vraiment quelque chose,
> Fille d'un bel esprit, qui vivra longuement ;
> Mais nostre *Quelque chose* est un rien proprement,
> Qui ne mérite pas la vie d'une rose.

IV. Januaria, sive ALIQUID, pro strenis ad Molinenses. *Parisiis, e typographiâ Steph. Prevosteau, in viâ Aurigarum, è regione trium crescentium.* 1597, in-8°, huit pages. (C'est vraisemblablement une 2ᵉ édition.)

L'auteur a signé cette pièce de ses initiales, de la manière suivante : *P. G. P. classicus Molinensis.* Ainsi tout ce que nous pouvons en apprendre, c'est qu'il était professeur à Moulins.

Il dit qu'un autre a déja traité le même sujet ; ce qui se rapporte au Quelque chose de Philippe-Girard. Voici comment il s'en explique :

> *Ecce ALIQUID jam musa dedit, laudabile munus,*
> *Quo nullum majus lato videatur in orbe.*

Il imite et souvent il traduit celui qui l'a précédé; il finit par amener assez adroitement l'éloge de Henri IV.

Il existe un autre poème sur l'ALIQUID, par François Guillimann, qui professait l'histoire à Fribourg, au commencement du XVIIe siècle. Nous n'avons pu nous procurer cet ouvrage, imprimé in-4° à Fribourg, en 1611, avec le NIHIL de Passerat et le LUSUS DE NEMINE, dont il sera bientôt parlé.

V. TOUT, AU TOUT-PUISSANT. A Paris, chez Guillaume-Auvray, rue Saint-Jean-de-Beauvais, au Bellérophon couronné. 1587; 12 pages in-8°.

L'auteur n'est pas nommé. Mais on voit dans un poème du même genre intitulé SI-PEU-QUE-RIEN, qu'il s'appelait Des Prez. Voici le passage de ce dernier ouvrage.

> Des Prez, sagement docte, au Tout-Puissant *Tout* donne;
> Que peut-il donc rester pour donner à personne?
> Ou *Rien*, ou *Quelque chose*. Or il y a long-temps
> Que ce grand Passerat fist de très beaux présens
> De *Rien* à ses amis : présens que plus j'honore
> Que ceux qu'on va chercher dans le rivage more,
> Et qui seront toujours très chers aux bons esprits,
> Qui seuls savent juger de tout au juste prix.
> Aussi un Vandomois, au temps de ces kalendes,
> De *Quelque chose* fist d'agréables offrandes, etc.

Nous n'en sommes pas au reste beaucoup plus avancés pour savoir le nom de l'auteur de TOUT; ce petit ouvrage est écrit avec enflure, et, pour avoir voulu prendre un essor trop élevé, Des Prez est resté bien au-dessous de Passerat.

VI. THEODORI MARCILII LUSUS DE NEMINE. *Parisiis,*

e typographiá Steph. Prevosteau, in viá Aurigarum, è regione trium crescentium. 8 pages in-8° (sans date).

Ce bádinage sur le mot Nemo, est de Théodore-Marcile, successeur de Passerat au collége de France.

VII. Nihil, Nemo, Aliquid, Quelque chose, Tout, Le Moyen, Si-peu-que-rien, On, Il. Paris, chez Estienne-Prevosteau, demeurant au Mont-Saint-Hilaire, rue Chartière. 1597, in-8°.

Ce recueil comprend, avec les pièces désignées sous les numéros II, III, IV, V et VI de cette notice, quatre autres poèmes qui, depuis 1587, avaient vraisemblablement paru isolément. Il est fort rare; nous avons consulté l'exemplaire de la Bibliothèque de l'Arsenal, numéroté 3534, B. in-8°.

On trouve dans ce recueil une traduction en vers français du Rien de Passerat, en 6 pages. Elle y précède le Quelque chose de Girard, qui n'est pas nommé dans cette réimpression.

Les vers préliminaires du poème de Tout ne se trouvent plus dans cette seconde édition; ils sont remplacés par ce mauvais quatrain, intitulé *le Monde.*

> *Rien* premier fuz en chaos confondu,
> Et par la forme *Quelque chose* devins.
> Mais Dieu enfin à son *Tout* m'a rendu :
> C'est pour venir à celluy qui m'a prins.

VIII. Le moyen. (Dans le recueil n° 7.)

L'auteur de Si-peu-que-rien ne nomme pas celui qui a composé ce mauvais poème; il dit seulement qu'il était d'Auvergne.

> J'ay bonne volonté, mais je n'ay le *Moyen :*
> Un gentil *Auvergnat* me prive d'un tel bien, etc.

IX. Si-peu-que-rien. (Même recueil.)

Ce poème a dix pages. Il est du dernier médiocre; c'est, ainsi que tous les autres, un jeu de mots perpétuel sur Rien, Quelque chose, etc. L'auteur ne se nomme pas.

X. On. (Même recueil.)

C'est ici le tour du mot que l'usage a fait descendre du rang de substantif masculin à celui de simple particule. Nous citerons de ce poème un passage dont le dernier vers fait souvenir de cette bizarre cacophonie de Brunet des Variétés : *Il m'eût plus plu qu'il plût plus tôt.*

> Esprits, dont on ne prise en ce temps les escris,
> Si jadis, comme encor, on vous eut à mespris,
> Que vous fist on ?.................
> On vous fist composer; contre vous on compose;
> On ne fait cas de *Rien*; on blasme *Quelque chose*,
> On n'approuve pas *Tout*, on ne veut du *Mot*,
> On ne se chaut un peu que de *Si-peu-que-r*

Cette plaisanterie en six pages est adressée par l'auteur à M. de Chaste, en ces termes :

> On l'entreprist pour toy, guerrier vaillant et sage,
> De Chaste, l'heur de France et le soing de ton roy,
> Qui veit à son besoin ta valeur et ta foy :
> De Chaste, dont le los moindre que les merites,
> Fera tousjours sembler tes louanges petites, etc.

Il s'agit ici d'Aymar de Chaste, chevalier de Malte, commandeur de Lormeteau, vice-amiral de France, gouverneur de Dieppe, et l'un des plus fidèles serviteurs de Henri IV. (Voyez les Mémoires du président Groulard, première série de la Collection des Mémoires relatifs à l'Histoire de France, tome XLIX, page 3o3.)

XI. Il. (Même recueil.)

Ce poème est un peu moins mauvais que quelques-
uns des ouvrages que nous venons d'indiquer. On en
pourra juger par ce passage :

> Beaux esprits que je suy d'égale affection,
> Mais qui me devancez d'âge et d'invention,
> Excusez ce discours, s'il ose à vous se joindre.
> Il ne s'égale à *Rien ;* il s'estime encor moindre
> Que *Personne.* Il connoit *Quelque chose* plus grand ;
> Il sçait que *Tout* est dit : il voit qu'en discourant,
> On fait cas du *Moyen* qu'il n'a moyen de suivre
> Bien qu'il avise un autre en *Si-peu-que-rien* vivre.
> Il sçait qu'on a tant dit et si bien que les vieux,
> Les vieux pères romains, ne sçauroyent dire mieux.
> Esprits, il n'est jaloux de vos graces parfaites,
> Il veut tant seulement rire comme vous faites.

Le Il est adressé au sieur de la Verune, gouverneur
de Caen pendant la Ligue. Le président Groulard en
parle dans ses Mémoires, comme d'un homme faible
qui flottait entre les divers partis.

XII. Le Je-ne-sçay-quoy.

Ce petit ouvrage est de Le Pul, viguier de Béziers, ami
et admirateur de mademoiselle de Scudery. Nous avons
consacré à Le Pul un article dans la *Biographie Univer-
selle* (tome XXXVI, page 3o8). Son poème a été inséré
dans *les Délices de la Poésie galante.* Paris, Jean Ribou ;
1666, première partie, page 193.

L'auteur, dans cette pièce, ne se borne pas à plaisan-
ter sur les mots, il cherche à peindre un certain agrément
indéfinissable qui plaît plus que la grace et que la beauté,
et sans lequel les personnes les plus parfaites parvien-

draient difficilement à se rendre agréables. Nous citerons de cette pièce peu connue le passage suivant :

> Après que les Ris et les Graces
> Près d'Amour eurent pris leurs places,
> Ce dieu semblant se contenter
> Ne vouloit plus rien souhaiter :
> Mais alors contre son attente
> Le *Je-ne-sçay-quoy* se présente,
> Qui possédoit les qualitez
> Des Ris et de ces trois beautez :
> Comme les Graces adorable,
> Et comme les Ris agréable,
> Et qui mesme avoit des appas
> Que l'un et l'autre n'avoient pas.
> Il avoit cet air doux et tendre
> Qui vient doucement nous surprendre ;
> Qui dans la conqueste d'un cœur
> Ne trouva jamais de rigueur ;
> Qui fait naistre une ardeur nouvelle
> Par la grace je ne sçai quelle,
> Et charme je ne sçai comment,
> Par je ne sçai quel agrément ;
> Qui mesle aux plaisirs de la vie
> Une si douce maladie,
> Qu'il n'est point de plaisir égal
> A pouvoir languir de ce mal.

XIII. L'ÉLOGE DE RIEN, *dédié à personne, avec une post-face.* Paris, chez Antoine de Heuqueville ; 1730, in-12, de 36 pages.

Cette pièce est de Coquelet de Péronne.

XIV. L'ÉLOGE DE QUELQUE CHOSE, *dédié à quelqu'un, avec une* Préface chantante. Paris, chez Antoine de Heuqueville ; 1730, in-12, de 35 pages.

Cette pièce est encore de Coquelet.

Mercier de Compiègne a réimprimé ces deux dernières

pièces en 1793 et en 1795, dans un petit volume in-18, qui n'est déja plus très-commun.

XV. L'Éloge de CAR, *dédié à la langue française, avec une Préface pour tous ceux qui la voudront lire, le tout à l'usage des personnes qui se servent de CAR, et qui s'intéressent aux beautés de la langue.* A Paris, chez Antoine de Heuqueville; 1731, 46 pages in-12.

Cet ouvrage, dédié à *très-haute et très-puissante dame, la Langue française,* par *Franciloque,* est de ce pauvre et singulier abbé d'Allainval, qui mourut à l'Hôtel-Dieu, le 2 mai 1753, après avoir donné au Théâtre l'*École des Bourgeois* et l'*Embarras des richesses.*

Il n'a pas négligé de citer dans l'Éloge de CAR la lettre que Voiture écrivit à mademoiselle de Rambouillet, depuis duchesse de Montausier, pour la défense de ce mot que l'on cherchait à bannir de notre langue.

XVI. Le R

Cette pièce que Mercier de Compiègne a placée à la suite de l'Éloge de Quelque chose, Paris, 1795, est du P. Daire, célestin, auteur d'un grand nombre d'ouvrages relatifs à la Picardie, mort à Chartres, au mois de mars 1792.

Nous n'avons pas vu l'édition originale de ce livret; suivant Mercier, il a été imprimé à Amiens en 1749.

Nous terminerons ici la bibliographie des Riens, sans nous flatter de ne pas y avoir oublié Quelque chose.

6 juin 1829.